EPITRE

A

L'AMITIÉ.

EPITRE

A

L'AMITIÉ.

A LONDRES,

Et se trouve à Paris,

Chez N. B. DUCHESNE, Libraire, rue S. Jacques,
au-dessous de la Fontaine S. Benoît,
au Temple du Goût.

M. DCC. LIX.

AVERTISSEMENT

DE

L'IMPRIMEUR.

LE hazard nous a fait tomber entre les mains un petit ouvrage plein de Philofophie, de mœurs & de fentiment; l'Amitié y eft peinte avec des traits fi nobles & fi touchants que nous n'avons pu réfifter au défir de l'imprimer. L'Auteur, quelqu'il foit, nous pardonnera ce larcin; il ne

A iij

peut tourner qu'à fa gloire, & au profit de l'aimable vertu qu'il femble n'avoir chantée que pour la faire connoître & l'infpirer.

EPITRE

A

L'AMITIÉ.

Non tam utilitas parta per amicum
Quam ipse amici amor delectat. Cic.

NOBLE Compagne des disgraces !

Sœur & rivale de l'Amour ,

Sans ses défauts ayant ses graces

Et ses plaisirs sans leur retour ,

Qui t'enrichis, qui nous consoles

Des pertes cheres & frivoles

Qu'il fait dans nos cœurs chaque jour ,

O toi, dont les douceurs chéries

Font l'objet de mes rêveries

A iv

Entre ces fleurs, sous ce berceau,
Amitié, doux nom qui m'enflame !
Besoin délicieux de l'ame,
Je reprens pour toi le pinceau.

Mais où t'adresser mon hommage ?
Où te trouver, charme vainqueur ?
Quels lieux embellit ton image
Comme elle est peinte dans mon cœur ?
Au sein des Cités répandue,
Cherchant l'opulence & les rangs,
Vas-tu, complaisante assidue,
Languir à la suite des Grands ?
Te trouverois-je confondue
Dans la foule de tes Tirans ?
Mais non. Ce n'est que ton Fantôme
Qu'on voit errer sous les lambris.
Des Ruines & des Débris,
L'ombre des Bois, un Toît de chaume,
De noirs Cachots sont ton Pourpris.

Tu fuis le Faste & l'Imposture.

Tu vas, loin des folles rumeurs,

Chercher au sein de la Nature

La Paix, l'Égalité, les Mœurs.

Sous le foyer qui l'a vû naître,

Tu prends plaisir à visiter

Le Sage occupé de son Être,

Le seul, qui sache te connaître,

Le seul, qui sache te goûter ;

Tu viens, dans les belles soirées,

Quand les jeunes amans des Fleurs

A leurs beautés défigurées

Rendent la vie & les couleurs,

Tu viens sans bruit, mais gaie & tendre,

Tu viens, avec la Liberté,

Agréablement le surprendre

Sous le Tilleul, qu'il a planté ;

Et sans attendre qu'il t'invite,

Tu cours, aimable Parasite,

T'affeoir à table à fon côté,

Te rapprochant des mœurs antiques,

Et préférant les mets ruftiques,

Sur fa table fervis fans choix,

A ces feftins afiatiques,

Où l'on s'ennuie avec les Rois.

Dans cette fage & libre Orgie

Quels traits, quel mélange charmant

Et de candeur & d'énergie,

Et de fublime & d'enjoûment !

Quel long & doux épanchement

D'efprit, de cœur, de caractere !

Quel intérêt, quel agrément,

Quel plaifir pur que rien n'altere !

La nuit n'eft pour vous qu'un moment ;

Et le Soleil vous trouve encore,

Au milieu des parfums de Flore,

Sous le Tilleul, la coupe en main,

Libres des foins du lendemain,

Dans le sein de la Confiance,

Disputant d'Arts & de Science,

Et des erreurs du genre-humain.

O joie ! ô douceur inconnue

Au Vice, à la Frivolité !

Viens donc ainsi, Nimphe ingénue,

Porter dans mon obscurité

Le jour de la Félicité.

Parois sous ce berceau champêtre;

Et, par ta présence, éclaircis

Les vapeurs qu'autour de mon être

Exhale l'essain des Soucis.

Fais succeder ta douce flâme

Au feu rapide & destructeur

Qu'allument encor dans mon ame

L'âge, & ton frere séducteur.

Sois mon oracle & mon modele,

L'appui, la compagne fidéle,

Et le Témoin de tous mes pas.

Sans tes folitaires appas ,

Que font les douceurs de la vie ,

Les biens les plus dignes d'envie ? ....

Qu'eft-ce que tout , où tu n'es pas ?

Je vois , fous la Pourpre fuprême ,

Entre les bras du Bonheur même ,

Gémir les Dieux du genre humain ,

Pofer l'orgueil du Diadême

Et la Foudre qu'ils ont en main ,

Et s'échappant , loin de leur Temple ,

A l'Univers qui les contemple ,

Dans l'ombre te chercher en vain ;

Je les vois défirer d'être hommes ,

Envier l'état où nous fommes

Pour fe repofer dans ton fein.

Sans toi , l'homme s'affaiffe & tombe

Dans le néant de la langueur :

Arbriffeau foible & fans vigueur ,

Il cede aux vents, il y succombe,

Et rampe en proie à leur rigueur.

A l'abri même des tempêtes,

Au milieu des jeux & des fêtes,

Son cœur s'abbat & se flétrit

Tel qu'une vigne fortunée,

Qui loin de l'Aquilon fleurit

Sous un Ciel pur qui lui soûrit,

A sa foiblesse abandonnée,

Vers le sable panche entraînée,

Et sous ses propres dons périt.

Par toi, l'homme augmente son être;

Il se reproduit dans autrui;

Et sous le Dais & sous le Hêtre,

Tu lui fais moins sentir l'ennui

Ou mieux goûter le plaisir d'être,

Par la douceur de ton appui,

De ſes beſoins vive interprête
Malgré ſes ſoins à les cacher,
Tu vas, généreuſe & diſcrete,
Par la route la plus ſecrete
Au fonds de ſon cœur les chercher.
Tu le calmes dans ſes allarmes :
Tu taris le cours de ſes larmes :
Tu rompts l'effort de ſa douleur ;
Et tu retiens, & tu déſarmes
Son bras armé par le Malheur.
Tu portes plus loin tes ſervices ;
Tu l'arraches du ſein des vices ;
Heureuſe dans l'art d'émouvoir,
Ta voix auſſi douce que libre,
Par ſon inſinuant pouvoir,
Remet ſon cœur dans l'équilibre,
Et le rappelle à ſon devoir.

(Quel eſt ton ſuprême mérite !)
Seul bien, qu'il doive ſouhaiter,
Tu lui reſtes, quand tout le quitte,
Sans lui laiſſer rien regretter.

Viens donc, compagne chaſte & pure,
Fille du Ciel, objet vainqueur,
Viens ſous mon toît, viens dans mon cœur
Habiter avec la Nature !
Du fonds de mon obſcurité
Je t'appelle ſans impoſture ;
J'ignore la Cupidité.
Ah ! ſi, dans mon indifférence,
Par toi je me laiſſe charmer,
C'eſt ſans projet, ſans eſpérance !
J'aime pour le plaiſir d'aimer.

Qu'un autre, dégradant ſon Etre,
Aille, ſous ton nom, courtiſer
Ces Grands, ſi peu dignes de l'être,

Que l'on apprend à méprifer
En apprenant à les connoître ;
Profanant tes facrés liens ,
Que , dans l'ombre , fon ame vile
En faffe un inftrument fervile
Pour n'ufurper que de faux biens.

Pour moi , de ta beauté fuprême
L'efprit frappé , le cœur épris ,
Je ne cherche en toi que toi-même ;
Toi feul , à mes yeux , fais ton prix.

Mais quoi ? Se peut-il qu'on t'immole ;
Source féconde en vrais tréfors ,
Au foible efpoir d'un bien frivole ,
Qui de nos mains fuit & s'envole ,
Et ne laiffe que des remords ?
Que font un Sceptre , une Couronne ,
Un Dais que la foudre environne ,
Au prix d'un feul de tes tranfports ?

Difparoiffez

Disparoiffez, vapeur légere,
Vuide aliment du fol orgueil,
Grandeur, Richeffe menfongere,
Qu'engloûtit la nuit du cercueil !
Vain Simulacre qu'on renomme,
Du monde réel Ennemi,
Fuyez.... Il me fuffit d'être homme,
Et d'avoir un fidele Ami.

O tendre moitié de mon être,
Objet divin, fois raffuré !
Ofe éprouver, ofe connaître
Mon cœur par l'honneur épuré !
Tu le verras toujours fidele,
Suivre ton char dans les deferts,
T'aimer, t'adorer dans les fers,
Et te trouvant toujours plus belle,
Trouver dans ton fein l'Univers.

B

Mais auſſi daigne me conduire,

Daigne dans mon choix m'éclairer ;

En te cherchant , je puis errer ;

Mon cœur trop facile à ſéduire ,

Par ſon penchant peut m'égarer.

Je pourrois devenir peut-être

Ami comme on devient amant ;

Un amant aime ſans connaître ;

L'Amour eſt l'enfant d'un moment.

Qu'audeſſus des folles tendreſſes ,

A la Raiſon je ſois ſoumis ;

Le Sentiment fait les Maitreſſes ,

Et la Raiſon fait les Amis.

Vers ton Temple regle ma marche ;

Veille , préviens toute démarche

Dont je pourrois me repentir ;

Et ne laiſſe , ſur mon paſſage ,

Que cœurs bienfaits , dignes d'un Sage ,

Nobles & vrais , nés pour ſentir.

Écarte ces cœurs intraitables,

Toujours d'eux-mêmes différens,

Altiers, bizarres, indomptables,

De leurs Amis jaloux Tirans;

Ces cœurs équivoques & sombres,

D'éternels soupçons accablés,

Enveloppés d'épaisses ombres,

Même avec toi dissimulés;

Ces cœurs qu'endurcit l'opulence,

Fiers de paroître protéger,

Dont l'insultante bienveillance

T'avilit sans te soulager;

Ces cœurs qu'accable un faste extrême,

Froids, stériles, inanimés,

Insensibles au bien suprême,

Au bien d'aimer & d'être aimés;

Ces cœurs legers, ces esprits vuides,

D'objets nouveaux toujours avides,

B ij

Ardens & glacés tour à tour,

Qui sans repos, sans consistance,

Te font, livrés à l'inconstance,

Autant d'outrages qu'à l'Amour ;

Ces cœurs, vers la Terre, sans cesse

Par leur propre poids entraînés,

Pétris des mains de la Bassesse,

Par l'or à ton char enchaînés,

Qui, prévoyant de loin l'orage,

Sans bruit désertent tes lambris,

Par un lâche & dernier outrage

Ne retournant dans ton naufrage

Que pour t'en ravir les débris ;

Ces cœurs affreux, ces cœurs infames,

Contre leurs Bienfaiteurs trompés

Marchant dans l'ombre enveloppés,

De noirs complots, de sourdes trames,

Et qui, sous ton sacré manteau,

De la rampante Perfidie

Par les ténébres enhardie

Cachant l'homicide couteau,

Volent, en leur fureur tranquile,

D'un air affable & careffant

Dans tes bras leur unique azile;

T'affaffiner en t'embraffant;

Ces efprits faux, vains & futiles,

Auffi malfaifans qu'inutiles,

Du blâme avides écumeurs,

Par l'organe de qui circule

Le fiel amer du ridicule

Sur les talens & fur les mœurs;

Dont la méchanceté frivole

Te perd gaiment pour un bon mot,

Et, pour prix de tes foins, t'immole

Au vil amufement du Sot.

Je veux, me refpectant moi-même;

Que mon Ami me fasse honneur,

Qu'on m'estime par ce que j'aime ;

L'estime est le premier bonheur.

Qu'un double lien nous unisse,

Mais par d'irréprochables nœuds ;

Je n'en veux point dont je rougisse ;

Qui peut rougir , n'est plus heureux.

     Mais dans ce calme des prairies,

De mes profondes rêveries

Qui rompt le fil intéressant ? ....

Un jour plus pur dore ces rives ;

Le verd de ce berceau naissant

Devient plus doux , ces eaux plus vives,

Et ce zéphir plus caressant.

O charme ! ô joie inattendue !

Je vois sous ces ombrages frais,

Je vois l'Amitié descendue !

Mon cœur me rappelle ses traits.

Paré des mains de la Nature,

Son visage brille sans fard ,

Ses yeux charment sans imposture,

Son front s'épanouit sans art.

Sur ses levres avec les Graces

Siége l'utile Vérité ;

La Paix, les Mœurs, la Liberté

Suivent son char, sement ses traces

Des roses de la Volupté.

O toi, l'honneur de la Nature,

Belle des outrages du Tems ,

Dont notre hiver fait le printems,

Passion d'un cœur qui s'épure,

Azile de tous les instans,

Nimphe!, dont j'adore l'image,

Qui viens à moi les bras ouverts,

Reçois mon éternel hommage !

C'est toi, qui m'inspiras ces vers ;

Embellis-les de tous tes charmes,

Qu'avec de si puissantes armes

Ils parcourent tout l'Univers,

Moins pour conquérir les suffrages,

Pour ravir l'encens des mortels,

Que pour forcer leurs cœurs volages

A le bruler sur tes Autels.

FIN.

www.ingramcontent.com/pod-product-compliance
Ingram Content Group UK Ltd.
Pitfield, Milton Keynes, MK11 3LW, UK
UKHW021716090726
13657UKWH00005B/2274